LARRESSINGLE

EN CONDOMOIS

DESCRIPTION ET HISTOIRE

PAR

GEORGES THOLIN

Archiviste départemental de Lot-et-Garonne

ET

JOSEPH GARDÈRE

Bibliothécaire de la ville de Condom, Membre de la Société historique de Gascogne

AVEC TROIS PLANCHES

PAR

PIERRE BENOUVILLE

AUCH

IMPRIMERIE ET LITHOGRAPHIE G. FOIX, RUE BALGUERIE

1892

LARRESSINGLE

EN CONDOMOIS

LARRESSINGLE

EN CONDOMOIS

DESCRIPTION ET HISTOIRE

PAR

GEORGES THOLIN
Archiviste départemental de Lot-et-Garonne

ET

JOSEPH GARDÈRE
Bibliothécaire de la ville de Condom, Membre de la Société historique de Gascogne

AVEC TROIS PLANCHES

PAR

PIERRE BENOUVILLE

AUCH

IMPRIMERIE ET LITHOGRAPHIE G. FOIX, RUE BALGUERIE
—
1892

LARRESSINGLE

Larressingle est le type du village fortifié. Ses anciens
remparts sont bien conservés; on a quelques dates certaines
sur leur construction : aussi, ne saurait-on guère trouver en
ce genre de sujets d'étude plus complets. Les ouvrages de
défense des petites villes, non seulement dans notre province, mais par toute la France, ont été si complètement
détruits ou modifiés, qu'il est difficile aujourd'hui d'en
reconstituer l'ensemble. A la vue de Larressingle, on peut
se croire en plein moyen âge.

Les traités d'architecture, les manuels et dictionnaires
d'archéologie ne donnent rien de satisfaisant sur le mode de
fortification des villages dans lesquels le château était pure-
ment accessoire — c'est le cas à Larressingle — et de ceux
qui n'avaient pas de château, comme les neuf dixièmes de
nos bastides.

Dans ces conditions, le système de défense est infiniment
moins compliqué que celui des grandes forteresses féodales;
il dérive de principes beaucoup plus simples. Encore faut-il

définir ces principes avec précision, en évitant le plus possible les conjectures.

Avant d'exposer en quelques mots une théorie qui aura peut-être le tort d'être nouvelle, mais que les plans et dessins permettront à tous les lecteurs de contrôler, il importe de donner la description de Larressingle en suivant l'ordre chronologique.

PARTIE DESCRIPTIVE

Les églises. — L'église paroissiale de Saint-Sigismond, de Larressingle, fut l'objet d'une donation à l'abbaye de Condom, au commencement du xie siècle. Un village ou hameau (*villa*) s'élevait aux alentours. Il ne subsiste plus rien d'apparent de cette église primitive, dont l'emplacement fut sans doute conservé lors d'une reconstruction effectuée au xiie siècle.

De la seconde église, il ne reste que le sanctuaire : une travée de chœur exactement carrée, voûtée en berceau plein cintre, une abside voûtée en cul-de-four. Un doubleau portant sur des demi-colonnes formant dosserets sépare la voûte du chœur de celle de l'abside.

La nef, qui, vraisemblablement, était un peu plus large que le chœur, a été détruite peu après sa construction ou peut-être même n'a jamais été achevée. Ses amorces étaient en A b (Pl. i).

Un château, élevé sur son emplacement, est séparé du chœur par une rue, A c b D.

Quel qu'ait été le motif qui a fait sacrifier la nef, il est évident que ce parti fut pris à une époque fort rapprochée de celle de la construction du chœur. Des murs de refend qui masquèrent l'arc triomphal, furent surhaussés en façade. Leur raccord est parfait. Ces murs ont une épaisseur un peu moindre que celle des murs latéraux du chœur. Au centre de la façade, une porte fut ouverte sans ébrasement, sans ressauts. Deux demi-colonnes, d'un fort diamètre, en ornent les pieds-droits. Un de leurs chapiteaux est composé de deux rangs de feuilles longues et épaisses, dont les pointes se détachent en crochets ; l'abaque est formé d'un bandeau sur deux cavets. Le second chapiteau est historié de deux couples d'oiseaux affrontés et son tailloir est décoré de palmettes. Deux lobes s'arrondissent sur les angles de la base d'une demi-colonne.

Le style est le même que celui des chapiteaux du sanctuaire, dont voici la description : chapiteau de droite, deux rangs de feuilles longues aux pointes desquelles sont suspendues des lobes formant crochets, abaque décoré de rinceaux; — chapiteau de gauche, deux lions adossés, dont les têtes occupent les angles, en guise de volutes; deux oiseaux posés sur la croupe des lions; dans un angle, un personnage debout; l'abaque est orné de trois rangs de billettes et correspond avec un cordon de même qui circule dans tout le sanctuaire à la naissance des voûtes. Quatre fenêtres avec des ressauts et un fort ébrasement éclairent ce petit édifice.

A l'extérieur, il offre l'apparence d'une haute tour (voir la coupe et l'élévation, pl. III et IV), car tous ses murs de clôture ont été surhaussés, et une vaste salle est ménagée sur l'extrados des voûtes.

On accédait à cet étage par un escalier à vis logé dans une demi-tourelle, en A (Pl. I), dont la porte correspond à l'intérieur du chœur. Un puits (E), dont l'orifice est actuellement muré, était creusé dans l'église. Un pignon rectangulaire, sur la façade, est percé de quatre arcades en deux rangs superposés. De ce point, et des baies étroites de la salle haute, on pouvait surveiller au loin tous les environs.

Ainsi, le sanctuaire était devenu un excellent refuge pour les habitants du village. Cette petite forteresse avait été élevée non tout d'une pièce, mais par morceaux et à des intervalles rapprochés. On voit par exemple des solutions de continuité entre les murs surélevés du chœur et ceux de l'abside. Quelques signes d'appareil, en lettres M, N, V, gravés sur les parements à l'intérieur de la salle haute, diffèrent des marques de tâcheron appliquées à l'extérieur de la façade et qui consistent en crosses, en volutes, en pointes de flèche, en S (1).

_____

(1) Il paraît inutile de pousser la description jusques aux plus petits détails. Cependant, il en est un qui mérite d'être signalé. Les assises supérieures à l'extérieur de la tourelle de l'escalier sont creusées de plusieurs rangs superposés de niches ou de trous carrés dont la disposition, le nombre, le peu de profon-

Mais ces ouvrages étaient certainement achevés et dans l'état où nous les voyons, durant la première moitié du xiii° siècle. A cette époque, où la plupart des châteaux consistaient en une seule tour, les défenses de l'église de Larressingle n'étaient pas inférieures à celles dont se contentaient les barons et les habitants des petites villes.

Les guerres des Albigeois, les luttes féodales, plus tard la nécessité de fortifier un pays frontière entre Anglais et Français provoquèrent partout l'entreprise d'immenses travaux défensifs. Tandis que, durant la seconde moitié du xiii° siècle la Gascogne se couvrait de places fortes, la population de Larressingle, qui s'était accrue, s'efforça de se mettre à l'abri des coups de main. En ce temps d'anarchie, les possessions des gens d'église n'étaient guère mieux assurées que les autres contre les convoitises, et le sénéchal anglais ou les abbés de Condom eurent certainement une participation directe à la transformation du village.

Il avait fallu d'abord agrandir l'église. On gagna à l'est ce qui avait été sacrifié déjà à l'ouest : une large brèche fut ouverte dans le rond-point et un nouveau chœur construit dans le prolongement de l'ancien. Il se termine par un chevet plat (d, pl. i et iv); deux demi-colonnes, portant un doubleau, le partagent en deux travées; la voûte, en berceau plein cintre, est légèrement en retraite d'un bandeau chanfreiné. Les arêtes du doubleau sont biseautées; les fenêtres, sans ressauts, étroites, relativement hautes, sont légèrement trilobées dans leur partie supérieure; celle du chœur est plus élevée que les autres.

Certains détails accusent la transition entre le roman et le gothique qui, dans notre province, paraît s'être produite

---

deur excluent l'idée que ce soient des trous de boulin ou des coulisses pour les hourds. Ce sont, sans doute, des niches de colombier. Cette particularité se retrouve dans d'autres églises romanes.

Deux demi-colonnes établies en avant de la porte étaient peut-être destinées à soutenir un petit porche. Leurs chapiteaux n'existent plus.

seulement sous le règne de saint Louis. On serait dérouté si
l'on tenait compte, comme élément de date, du style des deux
chapiteaux : leurs corbeilles sont ornées de feuilles de fougère
plaquées, d'un caractère des plus archaïques. C'est à croire
qu'elles ont été tirées des ruines de l'église primitive. Les aba-
ques, au contraire, sont développés outre mesure et subdivisés
en réglets et en baguettes, en bandeaux et en chanfreins.

Les murs de clôture du nouveau sanctuaire ne furent pas
élevés jusques à la hauteur de ceux de l'ancienne abside;
cependant, les appuis des combles qu'ils portaient se voient
un peu au-dessus de la toiture actuelle.

Aucune des baies de fenêtre des deux sanctuaires juxta-
posés n'est assez large pour donner passage à un homme; ces
ouvertures ressemblent à des meurtrières. L'église restait
appropriée à une double destination, alors même qu'elle ces-
sait d'être l'unique refuge des habitants.

Durant la seconde moitié du xiiie siècle, ceux-ci construi-
sirent une enceinte murée et un château. Faute de documents
historiques sur cette période, il n'est pas possible de déterminer quels furent les moyens d'exécution, la date exacte et
la durée de ces grands travaux.

II

L'enceinte. — Larressingle occupe une petite partie d'un
haut plateau d'un accès partout facile. Rien ne gênait les
constructeurs : ils pouvaient, à leur gré, prendre l'église ou
tout autre point pour centre de la place, tracer une enceinte
symétrique ou irrégulière, opter pour le plan rectangulaire
et les alignements classiques dans les bastides ou pour toute
autre disposition. Ils préférèrent donner à leur enceinte une
forme polygonale : elle présente une douzaine de côtés, dont
la longueur varie arbitrairement aussi bien que le degré de
leurs angles obtus. Sept contreforts quadrangulaires énormes

(*e, f, g, h, i, k, l* de la pl. II) furent appliqués à une partie
de ces angles. Ainsi conçus, les remparts n'offrent aucun
saillant bien prononcé, c'est-à-dire aucun point plus faible.
En cas d'attaque, l'avancement des contreforts et le sur-
plomb des hourds permettaient de croiser les projectiles dans
un assez grand périmètre sur les points menacés (1).

Le creusement des fossés, dont la largeur moyenne était
de 10 mètres, mit à nu des bancs de pierre d'une bonne
qualité. Les constructeurs, ayant ces matériaux sous la main,
se sont montrés prodigues de moellons : les murs de clôture
de l'église avaient 15 mètres de hauteur; ils élevèrent les
courtines à la hauteur de 12 à 14 mètres. Tout ce mur d'enceinte fut crénelé et pourvu d'un chemin de ronde; des trous
de boulin furent ménagés dans les assises supérieures pour
l'établissement des hourds.

La place, dont la superficie ne dépasse guère un demi-
hectare, n'avait qu'une porte (*d*), ouverte dans une tour
carrée, en retraite, au centre du front nord-ouest. Cette
ouverture, qui manque de flanquement, est mal défendue;
elle devait être protégée par des ouvrages extérieurs au-delà
du fossé dont il ne subsiste plus de traces.

Les ponts-levis commençaient à être en usage dès la seconde moitié du XIIIe siècle. Il est vraisemblable qu'un pont
de ce genre fut jeté, dès l'origine, sur la moitié du fossé. Des
piles de support furent élevées au centre du fossé. Une
arche les reliait à la porte. Un acte de 1589 nous apprend

---

(1) Des plans de ce genre, presque circulaires, ont été quelquefois adoptés
dans le pays au lieu des plans rectangulaires beaucoup plus usités.

Fourcès, voisin de Larressingle, est pourvu d'une enceinte semi-circulaire et
la place de cette ville est circulaire.

Montgaillard en Condomois (canton de Lavardac, Lot-et-Garonne) a conservé
son enceinte, qui se rapproche sensiblement de celle de Larressingle. Si, comme
il le semble, certains boulevards de Nérac et certaines rues de la bastide age-
naise de Saint-Sardos (canton de Prayssas, Lot-et-Garonne) occupent bien
l'emplacement des anciens fossés; une partie des remparts de ces places se pré-
sentaient en arcs-de-cercle. Les constructeurs que rien ne gênait, car ils opé-
raient sur des surfaces planes, avaient préféré, comme ceux de Larressingle, les
lignes courbes ou brisées aux lignes droites.

qu'à cette époque le pont-levis était rompu. Il fut remplacé par une seconde arche.

Deux vantaux de porte furent appliqués aux issues de la tour, l'un à l'entrée, l'autre à l'intérieur. Il n'existe entre les deux ni herse ni machicoulis; le rez-de-chaussée de la tour est voûté en berceau plein ceintre. Les vantaux étaient fermés chacun par deux barres de bois, dont l'une glissait dans une coulisse et dont l'autre se mouvait dans une rainure retombant de la ligne horizontale à la ligne perpendiculaire. A l'extérieur, la porte était défendue par une large baie, ouverte un peu au-dessous de l'amortissement des courtines voisines par une meurtrière en croix grecque, par des machicoulis à cinq ouvertures et par le crénelage supérieur (voir pl. III). Des meurtrières en croix sont aussi percées dans les murs latéraux faisant face aux courtines.

Du côté de la place, une petite salle de premier étage, assez basse, s'appuyait à la tour qu'elle renforçait. La coupe (Pl. III) reproduit si bien ces détails que toute description plus longue serait superflue.

Une poterne, actuellement détruite, s'ouvrait au sud dans la portion des courtines comprise entre les contreforts *i* et *k* (Pl. II).

Il est d'usage dans les grandes forteresses d'isoler les courtines et de ménager à leur base des chemins de ronde; ici, tout au contraire, les maisons des habitants furent adossées, de parti pris, aux remparts. Des corbeaux de pierre servent à fixer les poutrelles de leurs toitures un peu au-dessous du chemin de ronde supérieur. Ces maisons, dont une douzaine subsistent, ont une profondeur à peu près régulière de 12 mètres. Leurs murs de refend ont pour effet de consolider les courtines; ils sont l'équivalent de ces terrassements qu'on fut obligé si fréquemment d'établir au XIVe siècle pour épauler les murailles afin de les protéger contre des engins d'attaque d'une grande puissance. Quelques-unes de ces habi-

tations ont subi peu de remaniements et sont remarquables
-par la beauté de leurs parements et leurs portes à cintre brisé
à larges claveaux (1).

La défense de l'enceinte était certainement facilitée par ce
voisinage. Les moindres bruits que produisent la mine et la
sape où même les tentatives de surprise et d'escalade pouvaient être aisément perçus par ceux qui se trouvaient en
contact direct avec le mur entamé ou frôlé par l'assaillant.
Même étendu dans son lit, l'habitant en éveil contribuait à
la garde. C'était moins pénible et non moins efficace que les
patrouilles. En cas d'attaque ouverte, rien de plus facile que
de terrasser l'intérieur d'une maison et de rendre l'assaut
impossible après la chute d'un pan de courtine. Il importait
toutefois de se prémunir contre les trahisons, et c'est pour-
quoi l'on n'ouvrit dans les.courtines aucune baie de fenêtre
assez large pour livrer passage à un homme. Les meurtrières
mêmes n'apparaissent qu'en nombre fort réduit. On en
compte seulement quatre dans la portion de courtine entre
les contreforts *e f* (Pl. II), deux entre les contreforts *f* et *g*,
une autre entre *i* et *k*. Le front nord-ouest, aux abords de la
porte, fut mieux défendu; les réduits qui, sur ce point, s'ap-
pliquaient aux remparts, paraissent avoir été réservés pour

(1) Il reste à rechercher si la pratique qui consistait à adosser des maisons
aux courtines au lieu d'isoler ces murs de défense est une rare exception dans
notre pays ou bien s'il en existe de nombreux exemples. Le village de Montgaillard, en Condomois (canton de Lavardac), et quelques bastides agenaises ont
des dispositions pareilles. On peut encore le constater.

Sur le même sujet, voici un document précis qui se rapporte à un village du
Bruilhois, à Nomdieu (canton de Francescas, Lot-et-Garonne), où étaient établis
des chevaliers de l'Ordre de Malte :

En l'année 1367, Guillaume Jehan, commandeur de Nomdieu, assisté de commissaires de l'Ordre, baille à fief, dans le village de Nomdieu, trente emplacements, de 6 *arazas* de large et de 9 de long, pour y édifier des maisons. Dix-
sept de ces emplacements touchent aux courtines. Les maisons ne devaient pas
y être bâties avant qu'on eût établi un bon chemin de ronde sur les murailles :
« *Avant que un sole convenable se pusca far sober la muralha.* » Six emplacements étaient attenants au château (*palayt*), et les maisons à construire devaient avoir leurs toitures à trois assises au moins au-dessous de l'amortissement des murs du château et recevoir les gouttières dudit château. (Archives
départementales de la Haute-Garonne. — Fonds du Grand-Prieuré, Nomdieu,
l. III, pièce 51.)

des hommes d'armes : sept meurtrières battent la contrescarpe entre *d* et *e* et trois autres entre *d* et *l*.

Une rue intérieure, qui reproduit en réduction le polygone de l'enceinte, rend les communications faciles sur tout le pourtour, de telle sorte qu'on pouvait se porter rapidement sur tout point menacé. Au cas où l'ennemi se serait emparé de l'enceinte, les habitants pouvaient prolonger la résistance en se réfugiant dans l'église et dans le château.

Les bastides du sud-ouest, généralement dépourvues de château, la plupart de nos villages étaient défendus par des procédés qui diffèrent absolument de ceux employés par les ingénieurs du nord dans la construction des grandes forteresses. Ceux-ci multipliaient les ouvrages isolés indépendants les uns des autres, cherchaient à se défendre d'une tour ou d'un fossé à l'autre; ils combinaient les flanquements pour arrêter l'assaillant à chaque pas, divisaient la lutte sur les plus petits espaces.

Nos villes de Guyenne et de Gascogne sont simplement des camps retranchés, dans lesquels la circulation est avant tout largement établie pour faciliter la concentration de toutes les forces au milieu. On cherchait à opposer d'un coup, sur n'importe quel point, à la masse des assaillants la masse des défenseurs. La guerre de siège n'offrait nulle part des séries de duels dans des couloirs de poterne. Pour une seule brèche, une ville pouvait être emportée, mais c'était au prix d'une bataille générale.

Les portes mêmes sont mal protégées; elles s'ouvrent dans une seule tour sans flanquements et si, généralement, elles sont plus fortes que celle de Larressingle, bâties en avancement et munies d'une herse, elles sont loin de valoir les portes ouvertes entre deux tours, dont l'usage a prévalu presque partout ailleurs.

M. Viollet-le-Duc a écrit : « La disposition des portes » ouvertes à travers une simple tour carrée sans flanque-

» ments, appartient plus particulièrement à la Provence (1). »
Il connaissait peu nos pays, autrement il aurait ajouté que
cette disposition était la plus généralement employée en
Gascogne (2).

L'enceinte et le château de Larressingle étaient achevés
avant la fin du xiiiᵉ siècle. Cependant les contreforts, dont
l'amortissement était au niveau du chemin de ronde, ne
pouvaient rendre dans cet état de grands services. Arnaud-
Othon de Lomagne, abbé de Condom de 1285 à 1305, les fit
surélever, de telle sorte qu'on pût mieux surveiller la campagne et loger en deux étages des archers ou arbalétriers
chargés de défendre les abords.

La planche v reproduit le plan et la coupe d'une de ces
loges, dont les dimensions ne dépassent pas de beaucoup
celles qu'on donnait aux échauguettes. Des corbeaux, au
niveau A', permettaient de poser un plancher et de tirer par
les meurtrières en B'. Un autre plancher était établi pour le
service des créneaux. Ces ouvrages de défense étaient si
étroits, qu'on ne pouvait y accéder que par des échelles et
des trappes. A chaque étage, deux défenseurs seulement pouvaient se mouvoir à l'aise, mais les hourds pouvaient en
loger six. Ainsi, ces tourelles pouvaient être occupées par
dix archers. A cheval sur les courtines et munies de deux

---

(1) *Diction. d'archit.*, t. vii, p. 354. Cependant Viollet-le-Duc (*Id.*, t. ix, p. 175)
a cité la Guienne parmi les pays où les portes de ce genre étaient employées.

(2) On peut citer des portes de ce genre qui existent encore à Fourcès, Lar-
roumieu, Ligardes, Marciac, Blaziert, etc., dans le Gers; à Vianne, Durance,
Bruch, dans la partie du Condomois rattachée au Lot-et-Garonne; à Villeneuve-
sur-Lot, Frespech, Pujols, Duras, en Agenais. On en pourrait citer un plus
grand nombre qui ont été détruites. Certaines portes étaient encore plus mal
défendues. Il en existe une à Valence et une à Montréal, contiguë à l'église, qui
pénètrent la courtine et passent sous le chemin de ronde. Il est vrai que la porte
de Valence était protégée par son escarpement et celle de Montréal par l'église
aussi forte qu'un château.

Si simples qu'aient été les principes suivis pour la fortification de nos villes,
ils étaient efficaces, comme on a pu souvent en juger à l'épreuve. On est surpris de voir, au beau temps de l'artillerie, au xviiᵉ siècle, l'armée de Louis XIII
si longtemps arrêtée par de petites places telles que Nérac, Tonneins, Clairac,
Monheurt; puis, sous la Fronde, Condé échouant devant Miradoux, d'Harcourt
s'acharnant sans résultat contre Villeneuve.

portes sur les chemins de ronde, elles permettaient aussi de barrer l'assaillant qui se fût rendu maître d'une portion des remparts.

On n'eut pas recours à des encorbellements pour donner plus d'ampleur à ces ouvrages. Les remparts de Larressingle, qui ne devaient plus être retouchés, ont gardé cette pureté de lignes particulière aux constructions du XIIIe siècle.

Il est douteux que le contrefort *h* (Pl. II), moins développé que les autres, ait été muni d'un logis.

On peut voir près de quelques tourelles des réduits en porte-à-faux sur des corbeaux. Ce ne sont pas des machicoulis, malgré leur apparence menaçante, mais de vulgaires latrines. Disposées de cette façon, elles pouvaient aussi servir pour la défense du pied des contreforts.

Un texte nous a fait savoir que la surélévation des contreforts est postérieure à la construction de l'enceinte. L'étude de l'appareil confirme l'exactitude de ce renseignement historique. Les loges supérieures sont parementées en moellons tirés d'une autre carrière, l'exploitation des bancs des fossés ayant été interrompue. Ces pierres du couronnement ont une teinte rousse tirant sur le jaune; les autres sont revêtus d'une belle patine grise.

Une quarantaine de maisons renfermées dans l'enceinte suffisaient à contenir deux à trois cents habitants. Cette population devait s'augmenter, en temps de guerre, des réfugiés de la campagne. Il restait assez d'espaces vides sur le pourtour des rues pour remiser les grosses récoltes et quelques troupeaux.

Voilà pour le passé. Il reste à décrire en peu de mots l'état actuel des remparts de ce village qui, de l'abbaye de Condom, passa aux mains des évêques. Affranchi depuis bientôt un siècle, il a peu changé. Le front nord-ouest (Pl. III) a perdu son crénelage. La tour de la porte est bien conservée, de

même que les tourelles surmontant les contreforts *e*, *f*, *l*
(Pl. ii). Les couronnements des autres contreforts ont été ou
réduits de hauteur ou supprimés. Au sud-ouest, de *l* en *i*
(Pl. ii), les courtines ont conservé toute leur hauteur, mais
les toitures des maisons ayant été reportées au niveau des
merlons, les créneaux ont été murés. Une porte a été ouverte
entre *l* et *k*; un petit nombre de fenêtres ont été percées en
brèche. La poterne ancienne, de *h* en *i*, a été détruite. Au
point *i*, les fondations sont établies sur un sol qui manque de
consistance. Les deux contreforts appliqués sur ce point
n'ont pas empêché l'éboulement de la courtine *i*, *h*. De *h* en
g, on a comblé une partie du fossé et ouvert un chemin. Sur
le front nord-est, de *g* en *c*, l'enceinte est à peu près intacte
jusques au niveau du chemin de ronde; les fossés ont presque
toute leur profondeur et conservent un peu d'eau.

Les conditions dans lesquelles se trouvent les murailles de
Larressingle, divisées en propriétés privées, rendraient peut-
être difficile leur restauration. Puisse du moins leur existence
être assurée dans les limites de durée que le temps assigne
aux ouvrages des hommes! Le temps, quoi qu'on en dise,
fait de longs crédits, et ce n'est pas lui le plus grand des-
tructeur. Les habitants de Larressingle, nous l'espérons, tien-
dront à honneur de n'encourir aucun reproche; ils devront
s'entendre pour protéger ce bel ensemble des fortifications
élevées par leurs pères et en conserver intactes jusques aux
moindres pièces.

III

Le château. — Il se compose, en hauteur, d'un rez-de-
chaussée et de trois étages (voir la coupe, pl. iii) (1), dont le

---

(1) Pour avoir une bonne coupe du château, M. Benouville s'est placé sur la
ligne *b a* (Pl. i), tandis que la coupe de l'église a été prise au centre de *c* à *d*.
Cette déviation est marquée dans la planche i par la ligne pointillée *a* D *b c d*.

plus élevé est l'œuvre d'Arnaud-Othon de Lomagne; le reste paraît contemporain des courtines.

Comme plan, c'est un trapèze aux angles orientés, divisé en deux salles longues, presque égales, par un mur de refend (voir pl. I). Au rez-de-chaussée, deux arcades établissent de larges communications entre les deux parties principales. A l'intérieur de l'angle nord on a ménagé une petite salle (F) par la construction d'un mur de refend. Là se trouvaient, au rez-de-chaussée, des lieux d'aisance et sans doute aussi la prison; puis, dans les étages supérieurs, un escalier. On pouvait trouver dans ce réduit un dernier refuge, il est vrai bien insuffisant, au cas où le château eût été pris. D'ailleurs, aucune autre disposition intérieure ne révèle des précautions pour arrêter un ennemi qui eût dépassé la porte ou fait brèche.

Une annexe G (Pl. I) a été surajoutée. C'est l'œuvre de Mgr de Grossolles, évêque de Condom, de 1521 à 1545, dont les armes se voient sur une fenêtre. La tourelle pentagonale H, logeant un escalier à vis, paraît avoir été construite par le même prélat.

On pénétrait primitivement dans le château par deux portes à cintre brisé qui font face à l'église et qui sont peut-être moins anciennes que deux autres portes du même côté, au premier étage. On ne pouvait accéder à ces dernières ouvertures qu'au moyen d'une échelle, ce qui est tout à fait dans la tradition des châteaux gascons du xiiie siècle. A l'intérieur, la communication entre les étages devait être ménagée au moyen d'escaliers en bois qui ont été détruits, de même que tous les planchers et la charpente.

Le rez-de-chaussée n'est éclairé que par des meurtrières qui se répartissent ainsi : quatre sur le côté sud-est, faisant face à l'église; — deux sur le côté nord-est; — trois sur le côté nord-ouest; — une sur le côté sud-ouest.

Voici comment sont distribuées les autres ouvertures :

Premier étage : s.-e., deux fenêtres rectangulaires; — n.-e., une meurtrière; — n.-o., deux meurtrières; — s.-o., deux meurtrières.

Second étage : s.-e., une fenêtre géminée, du XIVe siècle, une autre, du XVe siècle, divisée par un meneau horizontal; — n.-e., une croisée (fenêtre à meneaux croisés), encadrée de nombreuses moulures prismatiques, du XVe siècle, une fenêtre à cintre brisé, richement encadrée, dont les montants sont accostés de petits pilastres aux chapiteaux décorés de feuillage; — s.-o., une croisée du XVe siècle, encadrée de faisceaux de moulures prismatiques; ses montants, très saillants, portent sur des consoles sculptées de têtes d'animaux.

Troisième étage : s.-e., en ruine; — n.-e., une croisée et une fenêtre coupée par un meneau horizontal; — n.-o., deux fenêtres coupées chacune par un meneau horizontal.

En somme, les baies qui éclairent les deux étages supérieurs appartiennent à plusieurs époques et la plupart ont été ouvertes en brèche dans les vieux murs.

C'est un fait général dans le pays, qu'après la guerre de cent ans, on a cherché à rendre plus agréable l'habitation dans les vieux châteaux, en leur donnant de l'air et de la lumière. Parmi les propriétaires de ces logis, les uns ont tout remanié de haut en bas, d'autres, plus timides, ont évité d'affaiblir et de rendre trop accessibles les étages inférieurs. Les évêques de Condom se sont arrêtés à ce dernier parti pour leur château de Larressingle. Réservant à leur usage les deux étages supérieurs, ils y ont ouvert de larges fenêtres dont la décoration varie suivant leurs goûts personnels et le style à la mode. Ces fantaisies ont été poussées si loin que, parfois, une fenêtre était murée sans nécessité pour en refaire une autre tout à côté.

C'est aussi au second et au troisième étage qu'on a établi de larges cheminées; on en voit deux superposées près de

l'angle D (Pl. 1), une autre près de l'angle I. Leurs montants
et leurs manteaux admirablement appareillés restent en sur-
plomb dans l'écroulement des planchers.

Des corbeaux, des rainures, des restes de crépissage à l'extérieur, du côté de l'église, prouvent que le second étage a
été mis en communication avec la salle bâtie au-dessus de
l'ancien chœur (Pl. IV, de g' à h'). Sur ce point, deux petites
portes se font face. Cette communication qui, primitivement,
pouvait se faire au moyen d'un pont volant, a été rendue
permanente à une époque difficile à déterminer. Les crépis-
sages sont appliqués au point g' et sur la largeur d'une salle
et non d'un couloir.

Sur la face n.-e., on voit aussi des corbeaux de pierre,
munis de rainures, destinés à soutenir des poutres. Il paraît
probable qu'un auvent occupait, avant le règne de Fran-
çois Ier, une partie de la place où fut alors élevée la tourelle H (Pl. 1).

Quelques mots sur ce dernier ouvrage termineront une
description déjà trop longue.

La porte, à plate-bande déprimée, est encadrée de moulures prismatiques et surmontée d'une haute accolade que
termine un fleuron. A droite, un petit pinacle élancé s'amor-
tit en porte-à-faux près d'une ouverture circulaire où pouvait
passer un canon de mousquet. Le fameux *cave canem* des
vestibules antiques n'avait pas plus d'éloquence.

La vis de Saint-Gilles est large, fort bien appareillée et
éclairée par de nombreuses petites fenêtres coupées en travers
par un meneau biseauté. Deux mascarons grimacent dans
leurs embrasures. La porte qui s'ouvre sur les étages est si
bien raccordée à l'appareil du moyen âge, qu'on la croi-
rait ancienne. Deux cordons de moulure règnent à l'extérieur.

On se représente l'effet que devait produire cette élégante
tourelle quand elle était surmontée de sa toiture élancée. Les

combles du château, reposant sur le mur de refend, atteignaient la hauteur du pignon de l'église. Vus de quelque distance, ces édifices, au centre du village, coupaient de lignes perpendiculaires la belle ligne horizontale des remparts. Cet ensemble de fortes constructions, dont les ruines sont encore si belles, était superbe.

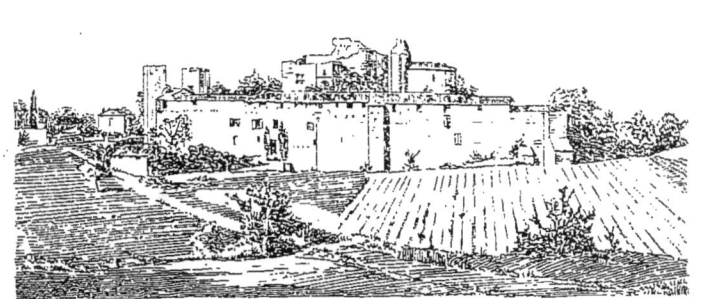

Larressingle . Front Sud . ouest (d'après une photographie de M: Lauzun)

Vue d'une rue (d'après une photographie de M. Lauzun)

Pierre Benouville . del.

58

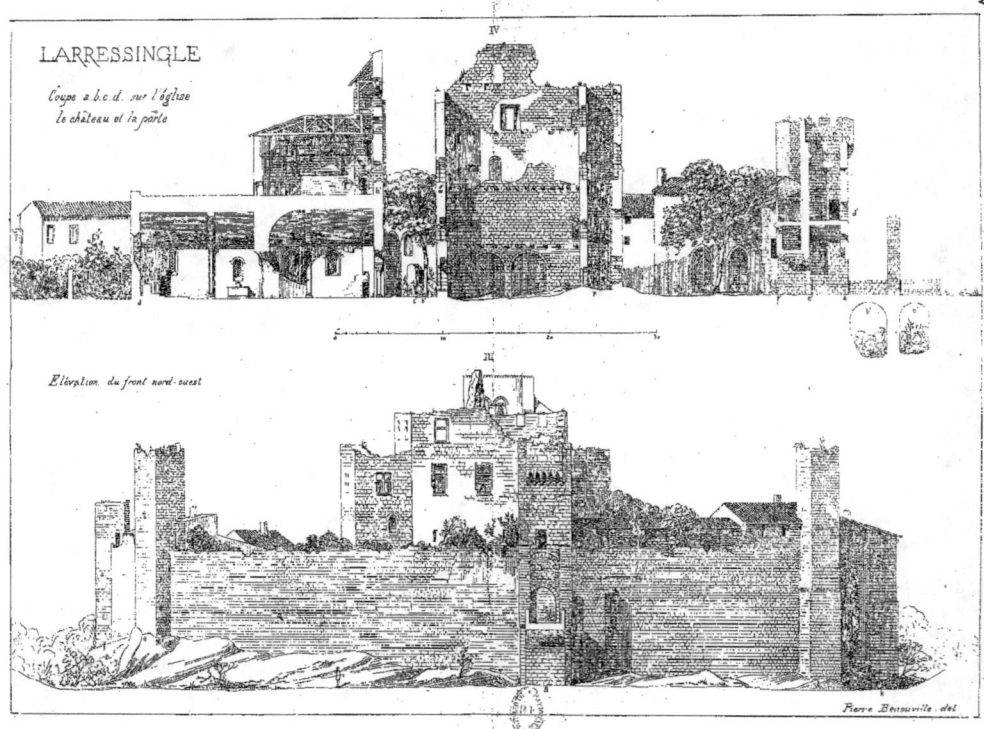

LARRESSINGLE

Coupe a.b.c.d. sur l'église
le château et la porte

IV

Élévation du front nord-ouest

III

Pierre Bonneville del.

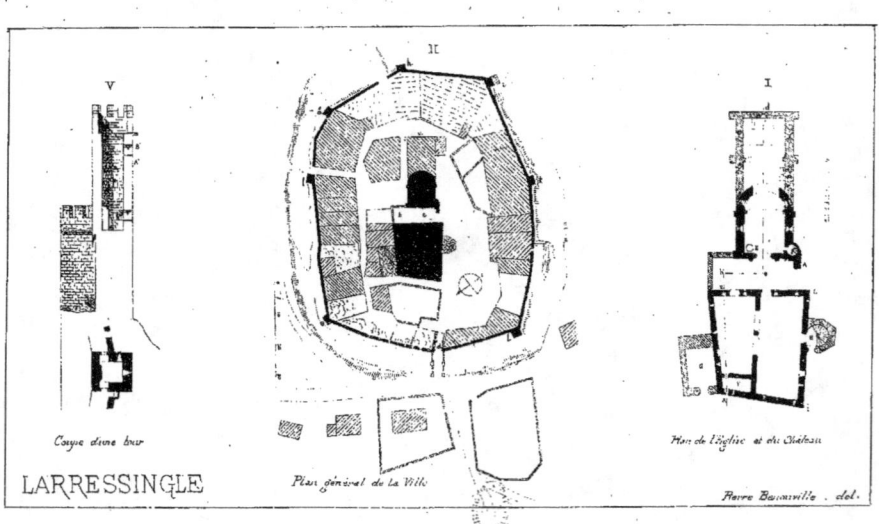

V

Coupe d'une tour

LARRESSINGLE

II

Plan général de la Ville

I

Plan de l'Église et du Château

Pierre Barouville . del.

PARTIE HISTORIQUE

II

Le nom de Larressingle évoque chez tous ceux qui ont
visité ce village le souvenir de la féodalité. La pensée se
reporte aussitôt aux fiers barons guerroyant les uns contre
les autres, aux sièges meurtriers, aux noirs cachots, aux
sombres et profondes oubliettes.

Larressingle, en effet, avec sa belle enceinte de murailles
protégée par un fossé large et profond, ses hautes tours cré-
nelées, ses chemins de ronde courant sur les courtines, son
vieux château découronné, son antique et curieuse petite
église, ses maisons d'un autre âge assises à l'abri des remparts, forme à la fois le plus pittoresque et le plus imposant
ensemble que puisse imaginer l'archéologue ou le simple
curieux des temps passés. Aussi le touriste ne passe guère à
Condom sans visiter les ruines de Larressingle.

Néanmoins, on pourrait peut-être appliquer à ce village ce
qu'on a dit de certains peuples : qu'ils n'avaient pas d'his-
toire. Jamais, croyons-nous, les machines de guerre n'ont
battu la solide muraille qui l'entoure, jamais de hardis
archers ne l'ont escaladée, jamais l'eau bouillante, les bou-
lets de pierre ou le plomb fondu tombant des mâchicoulis
de la tour principale n'ont fait reculer les assaillants acharnés
contre la porte, et par la brèche ouverte au côté opposé
jamais ne se sont rués les hommes d'armes; la chûte de la
muraille écroulée, en grande partie au levant, a été provo-
quée, pensons-nous, par le peu de solidité du terrain sur
lequel elle était bâtie; les deux contreforts voisins de la brèche

au midi, et soutenant une tour et la muraille adjacente sur laquelle on voit se profiler une crevasse, semblant autoriser cette supposition (1).

La cause en est vraisemblablement dans ce fait que les seigneurs du lieu furent les abbés et plus tard les évêques de Condom, qui se montrèrent, il est vrai, toujours jaloux des droits de leur église, mais ne songèrent à les faire valoir que dans le champ clos des cours de justice. Le fier aspect de ses remparts aurait pu d'ailleurs arrêter la témérité des envahisseurs.

I

Certains ont cherché l'origine du mot Larressingle, que les clercs du moyen âge ont traduit en latin par *Retrosingula*, dans un prétendu cri de défaite : *Retro singuli*, qu'aurait poussé pour commander la retraite un des lieutenants de Crassus, surpris en ce lieu par les Sotiates (2).

Nous ne nous arrêterons pas à ce qui nous paraît une fantaisie d'antiquaire, et tout en regrettant de ne pouvoir donner une solution définitive, nous dirons qu'on a proposé comme racine étymologique, soit les mots : *arre sengles, retro singulos*, dont le sens convient à un point élevé, et proprement au sentier plus ou moins étroit et difficile qui devait y conduire et où l'on devait marcher *un à un*, d'autant que dans certaines villes il existe des rues ou montées *d'un à un*, portant ce nom même; — soit le mot roman *single* (3) du latin *cingulum, cingula*, qui signifie « enceinte de donjon féodal (4), » et la syllabe *re* qui s'ajouterait comme particule explétive ou avec un sens de réfection, reconstruction; —

(1) Ces deux contreforts sont de construction ancienne.
(2) *Revue d'Aquitaine*, 1ᵉ année, p. 360.
(3) V. Mistral, *Dict.*, aux mots *cengle, cingle*.
(4) Le mot *recinctus* a le sens d'enceinte. V. Du Cange.

soit encore *arre sengles, retro singula, arrière tous, arrière toute chose,* avec une idée de supériorité, de défi.

L'église de Larressingle, sous le vocable de saint Sigismond (1), figure parmi les premières possessions de l'abbaye bénédictine de Saint-Pierre de Condom. Elle lui fut donnée par le fondateur lui-même de l'abbaye, Hugues, évêque d'Agen, neveu et héritier des ducs de Gascogne : *Quædam ecclesia sancti Sigismundi ipsius (beati Petri) est et quicquid ad eam pertinet,* tel est le texte du cartulaire de l'abbaye.

Cette donation, faite au commencement du XIe siècle, fut confirmée avec un certain nombre d'autres, en 1163 et 1245, par les bulles des papes Alexandre III et Innocent IV. Ces bulles portent : *Ecclesiam sancti Sigismundi et villam cum omnibus appenditiis* (2).

Il faut probablement entendre ici par *villam* le lieu lui même ou mieux la maison de campagne de nos abbés transformée plus tard en château. Ce dernier ne nous apparaît que dans la seconde moitié du XIIIe siècle. Le cartulaire en attribue l'achèvement avec la construction des tours à l'avant-dernier abbé de Condom, Arnaud Othon de Lomagne, qui bâtit également une partie du château de Cassaigne. *Item,* lisons-nous dans le chapitre relatif au successeur d'Auger

---

(1) Saint Sigismond, roi de Bourgogne, est toujours le patron de Larressingle; on célèbre sa fête le premier dimanche du mois de mai. Le puits que l'on voyait naguère dans l'église rappelait, d'après certains qui pensaient à tort qu'il existait des puits dans toutes les églises dédiées à saint Sigismond, la mémoire du martyre du saint (*Revue d'Aquitaine*, t. 1, page 359), qui fut précipité dans un puits avec sa femme et ses enfants par les ordres de Clodomir, roi d'Orléans. Nous pensons tout simplement que ce puits avait été creusé, comme dans nombre d'églises du XIIe et du XIIIe siècle, soit pour les besoins du culte, soit dans la pensée de fournir de l'eau à la garnison en cas de siège. Quoi qu'il en soit, les habitants allaient autrefois y puiser de l'eau dans les temps de sécheresse. La tradition rapporte même qu'on attribuait autrefois à cette eau des propriétés curatives. On a cru devoir en supprimer la margelle et le recouvrir d'un dallage en 1871, époque à laquelle l'église a été restaurée. Il nous paraît fâcheux qu'on n'ait pas indiqué par une inscription l'existence et l'emplacement de ce puits, qui était situé à gauche à l'entrée et formait comme un souvenir des baptistères des premiers siècles de l'église.

(2) V. Collection Larcher, p. 89 et suivantes (Archives municipales de Condom.)

d'Andiran, qui gouverna l'abbaye de 1285 à 1305, *Item,* (*fecit fieri*) *domum de Retrosingula a superiori solario et supra cum turribus dicti castri* (1). Ce texte nous révèle que le château existait déjà, puisque Othon de Lomagne ne fait que l'exhausser : *fecit fieri domum de Retrosingula a superiori solario et supra.*

Il est d'ailleurs question du château de Larressingle, *castrum de Retrosingula,* dans l'acte de paréage dont nous allons parler, conclu en 1285 entre Auger d'Andiran, abbé de Condom, et le roi d'Angleterre, Edouard Ier.

Par *turribus dicti castri* nous entendons les tours de l'enceinte qu'il fit exhausser à partir du sommet de la muraille, de même qu'il fit exhausser le château à partir du deuxième étage (2). La teinte de l'appareil et la maçonnerie dans la partie haute des tours diffèrent, en effet, sensiblement de la partie basse et indiquent une construction postérieure. Le château jusqu'au deuxième étage paraît avoir été construit en même temps que l'enceinte; Othon de Lomagne ne fit donc que terminer l'œuvre de ses prédécesseurs.

A quel mobile obéirent les abbés de Condom en bâtissant le château de Larressingle ? Il serait évidemment difficile de l'établir d'une façon précise; mais n'est-il pas naturel de supposer qu'ils voulurent élever cette forteresse comme citadelle avancée, destinée à couvrir de ce côté la ville abbatiale, et opposer une barrière à l'ennemi, barons ou routiers, venant de l'Armagnac ou des Landes ? Peut-être songèrent-ils aussi à se mettre à l'abri des injures et des violences possibles de leurs sujets, les habitants de Condom, qui se montraient rebelles à leur autorité et contre lesquels ils étaient en lutte au sujet de l'exercice de leurs propres droits depuis le xiie siècle.

(1) V. d'Achéry, *Spicil., Historia Abbatiæ Condomiensis.*
(2) Cette partie du château, construite par Othon de Lomagne, fut, pensons-nous, remplacée au xvie siècle par les 2e et 3e étages construits par Mgr de Grossolles.

Ce furent ces difficultés, que des sentences prononcées en 1210, 1212 et 1227 (1) avaient été impuissantes à faire cesser, qui déterminèrent l'abbé de Condom à appeler à son aide le roi d'Angleterre, en sa qualité de duc d'Aquitaine.

Par l'acte de paréage du 20 juin 1285 (2), Auger d'Andiran et Edouard Ier, pour eux et leurs successeurs à l'avenir, réunirent leurs droits et s'associèrent mutuellement à la part de justice qui leur appartenait. L'abbé faisait participer le roi d'Angleterre à la justice qu'il avait dans la ville de Condom, le château de Larressingle et leurs dépendances; et le roi faisait participer l'abbé à celle qu'il avait hors la ville et dans le château de Goalard et ses dépendances. Deux baillis, l'un au nom du roi, l'autre au nom de l'abbé, furent chargés de rendre la justice dans toute l'étendue de cette *baillie* ou *bailliage*, ensemble ou séparément; dans ce dernier cas, l'un des juges devait avoir l'assentiment de l'autre (3). Les bornes du bailliage, mentionnées et indiquées dans l'acte lui-même, furent les terres de Géraud d'Armagnac, le château et la juridiction du Sempuy, l'Auvignon, la juridiction de Moncrabeau et la rivière de l'Osse.

Le droit qu'avait l'abbé seul de créer des consuls, jurats et notaires et de recevoir de nouveaux habitants à Condom et à Larressingle, le roi l'aura désormais avec lui. Toutefois, il ne pourra construire de four à Larressingle et sur son territoire, tandis que l'abbé conserve ce droit.

Edouard Ier s'engageait à protéger contre toute rébellion venant des habitants de Condom ou d'ailleurs l'abbé et ses religieux, qui demeuraient autorisés à se défendre même par la force des armes.

---

(1) V. Coll. Larcher, p. 168, 185, 194 et 267.

(2) V. Livre Cadenas, fol. LXXIII (Arch. mun. de Condom).

(3) A plusieurs reprises, Larressingle eut un bailli spécial; Arnaud de Floris était bailli de Larressingle pour le roi en 1324 (Arch. com. FF. 11), et Daniel Pruet fut bailli de ce lieu au commencement du XVIIe siècle (Minutes de Daunassans, année 1628, étude Lagorce). Au XVIIIe siècle, le bailli de Condom s'intitulait : juge ordinaire civil et criminel de la ville et juridiction de Condom et de Larressingle.

Il est possible que les abbés entretinrent des hommes d'armes pour la garde de Larressingle, mais après le paréage, la garnison dut être entretenue aux frais du roi d'Angleterre, qui s'était engagé à protéger l'abbaye et qui put d'ailleurs occuper la forteresse en vertu des droits supérieurs inhérents à la royauté et de la nécessité de la défense (1).

Quoi qu'il en soit, rien ne nous apprend que Larressingle ait joué un rôle quelconque pendant l'occupation anglaise et surtout pendant les périodes de guerre active entre la France et l'Angleterre. Mais si le château féodal ne fut pas à cette époque le théâtre d'événements assez importants pour que le souvenir en soit parvenu jusqu'à nous (2), la lutte entre les abbés de Condom et les évêques leurs successeurs d'une part, et les consuls de l'autre, ne fut pas à jamais terminée par l'acte de paréage de 1285.

Elle se réveilla à l'occasion d'un meurtre commis vers 1320 à Couchet, lieu sur lequel Raymond de Galard, devenu évêque de Condom après l'érection de l'abbaye en évêché par le pape Jean XXII en 1317, prétendit à l'encontre du roi avoir seul juridiction (3).

Les consuls de Condom prirent le parti du roi, mais ils ne tardèrent pas eux-mêmes à élever des prétentions contre leur évêque au sujet de la juridiction de Couchet et du Cause (4) et portèrent leurs réclamations devant le sénéchal

(1) Le paréage lui donnait d'ailleurs le droit de participer avec l'abbé à la garde des tours et des murailles de la ville.

En 1286, Gailhard de Florensan, *cellerier* et syndic du monastère de Condom, fit hommage au roi d'Angleterre, au nom de l'abbé et des religieux, du château de Larressingle comme fief noble et de ses dépendances. (*Arch. hist. de la Gironde*, t. 1, p. 349.)

(2) Le compte consulaire de Montréal de l'année 1412 signale simplement le passage à Larressingle, dans le mois de juin de cette année, d'un capitaine de routiers, « Nicolau lo Basquo, » qui vint peu après camper avec sa bande devant Montréal. (Arch. de Montréal.)

(3) Le château de Couchet, autrefois siège d'une paroisse sous le vocable de saint Jean, était situé dans la juridiction de Larressingle; peut-être l'évêque prétendait-il être à l'égard de ce lieu dans la situation des barons dont les droits de justice avaient été réservés par le paréage.

(4) Le Cause dépendait également, comme aujourd'hui, de Larressingle.

d'Agenais. Ils demandèrent, d'après leurs coutumes, à assis-
ter au jugement des procès criminels relatifs aux faits commis sur les territoires de Larressingle, de Couchet et du Cause
comme dépendant du bailliage (1). Un arbitre choisi d'un
commun accord, Anessance de Caumont, clerc et damoiseau,
seigneur de Lagraulet et de Montvieil (*Montis veteris*), prononça, le 5 mai 1328, une sentence aux termes de laquelle
les parties devaient faire juger par le sénéchal d'Agenais
leurs différents relatifs à la juridiction du château de Larressingle et des territoires du Couchet et du Cause. Cette sentence fut acceptée le surlendemain par l'évêque et les
consuls (2); mais le procès ne devait pas finir de sitôt.

Philippe de Valois, qui confirma le paréage en 1329, main-
tint par lettres patentes de 1540 les châteaux de Larressingle
et de Couchet dans le bailliage de Condom et déclara expressément que tous crimes ou délits commis sur le territoire de
ces châteaux seraient jugés à Condom en la présence des
consuls, comme s'ils eussent été commis à Condom même, et
cela, nonobstant le procès pendant au sujet de la juridiction
de ces lieux entre les consuls d'une part, le procureur du
roi et l'évêque de l'autre (5).

Charles V confirma les lettres de Philippe de Valois en
1358 (4); mais le procès durait encore et nous ignorons à
quelle époque il prit fin.

II

Larressingle sort un instant de son obscurité pendant les
guerres de la Ligue. Ses consuls, comprenant toute l'impor-

(1) Dès 1324, le procureur du roi était d'accord avec l'évêque et son chapitre
pour leur contester ce droit. (Arch. com. FF. n.)

(2) Arch. com. Pièces non classées et Livre cadenas, fol. CXLVII.

(3) Arch. com. Pièces non classées et Liv. cad., fol. CXXXIX *verso*.

(4) Liv. cad., fol. CLX; arch. com. Dans l'intervalle, l'archevêque d'Auch avait
été choisi comme arbitre entre les consuls et l'évêque; le pape Clément VI lui
recommandait la cause par lettres du 15 des calendes d'octobre 1348. (*Documents historiques sur la maison de Galard*, par Noulens, t. 1, p. 608.)

tance du lieu, y mirent deux soldats étrangers pour veiller à
sa garde, à partir du 1ᵉʳ août 1586, et pour leur entretien
pendant les mois d'août et septembre, ils demandèrent aux
consuls de Condom, en leur représentant le dommage qu'é-
prouverait la ville et le pays environnant si les ennemis
venaient à s'emparer de la forteresse, de vouloir leur laisser
une somme de vingt écus à déduire sur le montant de la
taille qu'ils payaient entre leurs mains. Ce secours leur fut
accordé et renouvelé pour les trois mois suivants à la jurade
du 3 octobre.

Le 26 juin de l'année 1587, Condom, acceptant les offres
que faisait la noblesse des environs, d'aller secourir Mézin
assiégé par les ligueurs, décidait de recevoir dans ses murs
trente gentilshommes, à qui elle entendait donner « logis et
service, » et d'envoyer ceux qui ne pouvaient vivre à leurs
dépens, à Fourcés, Larroque et *Larressingle,* où elle devait
les entretenir eux et leurs chevaux pendant quatre jours,
c'est-à-dire le temps nécessaire pour qu'ils pussent « rompre
les desseings de l'ennemy » et secourir Mézin. Les consuls
durent faire prier M. de Condom, la dame de Fourcés et le
sʳ de La Roque « de leur y donner l'entrée pour les quatre
jours (1). »

Ce fut Bernard du Bouzet, sʳ de Roquepine, qui se mit à la
tête de la noblesse (2). Monluc occupait à cette époque Larressingle, où sa compagnie séjourna pendant les mois de
juin et de juillet (3).

La ville entretint d'ailleurs régulièrement, à partir de 1587,
la petite garnison de Larressingle, à laquelle fut parfois

(1) Jur. du 26 juin 1587.
(2) Compte consulaire de 1587. Bernard du Bouzet fut nommé bientôt après
gouverneur de Condom.
(3) Jur. du 1ᵉʳ août 1587 et compte consulaire de cette année. — Le maréchal
de Matignon était venu quelque temps avant à Condom avec « l'armée » et y
avait passé cinq semaines (compte consulaire de 1587), probablement pour s'opposer aux entreprises que le roi de Navarre et le vicomte de Turenne méditaient
contre notre ville. (Jur. des 23 et 25 avril, 12 et 20 mai, etc.) Turenne était ar-
rivé à Nérac dès la fin d'avril avec « force troupes. » (Compte consulaire de 1587.)

adjoint un troisième soldat (1), et lui fournit la poudre nécessaire (2), mais elle refusa, le 5 janvier (1589) (3), de contribuer à la réparation des « ponts levis » qui étaient « rompuz. »
Nous ignorons si le pont-levis fut réparé; mais que pouvaient
deux ou trois soldats pour la défense du fort? Les Ligueurs
ne tardèrent pas à s'en emparer par surprise (4) et dès 1589
nous voyons le sieur de Montespan (5) maître de la place.

La prise de Larressingle fut une véritable calamité pour le
pays. Nos consuls eurent beau placer quelques soldats au
château de Goalard (6); le sénéchal d'Agenais (7) eut beau
envoyer le capitaine Lespéron avec ses gens à Couchet pour
éviter que les ligueurs ne s'en emparassent (8) et que ceux
de Larressingle notamment ne pussent aussi facilement ap-
procher de Condom, ces derniers poussaient des pointes jusqu'aux portes de la ville (9) qui fut plusieurs fois menacée,
mettaient obstacle au recouvrement des impôts (10) et com-
mettaient de nuit et de jour toute espèce de déprédations et
d'exactions (11). Au mois de février 1590, ils détroussent le

(1) Compte consulaire de 1587.
(2) Id. La ville donnait 10 livres par mois à chaque soldat. (Compte consulaire
de 1587.)
(3) Jur. du 5 janvier 1589.
(4) Jur. du 29 août 1595.
(5) Antoine-Arnaud de Pardeillan, seigneur de Montespan.
(6) Le château de Goalard fut surpris vers la fin de janvier 1592, pendant la
nuit, par les ligueurs qui s'en emparèrent. (Compte consulaire de 1592.)
(7) Le sénéchal était alors Pierre de Peyronnet, seigneur de Saint-Chama-
rand.
(8) Jur. du 2 septembre 1590. Ils s'en emparèrent par trahison au mois d'août
1591 (Jur. du 20 août); de même ils s'étaient emparés de Valence par trahison en
1580. (Lettre du sénéchal aux consuls de Condom, du 18 mai 1580; Arch. com.,
E. E.)
(9) Les ligueurs s'emparaient des châteaux voisins; ils tentèrent même de se
saisir de l'église et du clocher de Prouillan, où les consuls mirent quelques soldats (Jur. du 26 juillet 1590); les tours de la Crompe, près Caussens, étaient tom-
bées entre leurs mains dans le courant du mois de juillet 1590; le 18 septembre
de l'année précédente ils avaient essayé d'escalader la citadelle, mais ils furent
repoussés (Jur. des 16 et 17 septembre 1590 et Comptes consulaires, *passim*.).
Les soldats ligueurs étaient d'ailleurs nombreux à Larressingle et à Valence, d'a-
près la jurade du 4 janvier 1591.
(10) Jur. du 7 janvier 1594.
(11) Jur. *passim* et Comptes consulaires, années 1589 à 1592. V. également
Archives hospitalières de Condom, III, E. 2.

sieur Ferrel, qui allait porter la paie aux soldats de Goalard (1);
plus tard, ils vont jusqu'à massacrer un commis à la recette
des tailles, le sieur Verneuil (2). Ils jetaient d'ailleurs l'é-
pouvante dans le pays, et le maréchal de Matignon était obligé
d'envoyer des gens d'armes pour permettre aux cultivateurs
de faire leurs récoltes (3).

Aussi, de bonne heure chercha-t-on à se débarrasser de
l'ennemi. Dès le mois de juin 1590, les consuls de Condom
essayèrent de composer avec le sieur de Montespan; « la voye
de douceur » paraissait « plus proffitable et moings doma-
geable au peuble que non point si l'on y aloit par la rigueur
et force de la guerre. » Le chef ligueur acceptait, paraît-il,
tout d'abord de quitter et démanteler la forteresse, moyennant le paiement d'une somme de 2,000 écus (4), que nos
magistrats municipaux comptaient faire supporter par toute
la sénéchaussée. Le maréchal de Matignon, à qui l'on en ré-
féra, consentit à cette combinaison et se hâta d'envoyer des
commissaires pour faire démanteler Larressingle ainsi que
Vic et Nogaro (5). Mais Montespan se ravisa. Il accepta, il

---

(1) Jur. du 16 février 1590.
(2) Jur. du 22 juin 1593.
(3) Jur. des 24 juillet et 29 septembre 1590. Le 2 octobre 1590, le maréchal or-
donna que cent hommes de pied seraient placés dans les maisons les plus rap-
prochées de Larressingle, pour empêcher les courses et les ravages des ligueurs
qui occupaient le château (à cette époque on démolit plusieurs maisons autour
de la ville de peur que les ligueurs ne vinssent à s'en emparer et de là « pourter
du préjudice au peublicq. » Jur. du 10 août 1591); le 29 du même mois d'octobre
1590, il faisait venir à Condom 150 arquebusiers et la compagnie de gens d'armes du Sénéchal (Jurade du 31 octobre et Ordonnance du maréchal à la suite.)
Le capitaine Escaudemat était d'ailleurs à Condom avec sa compagnie depuis
plusieurs années. Vers la fin de 1588 ou au commencement de 1589, la ville avait
pris 20 gendarmes de la compagnie du sieur de Monluc (Charles de Monluc, le
petit-fils du célèbre maréchal, qui allait devenir sénéchal d'Agenais), avec le sieur
de Castelmoron, maréchal des logis de ladite compagnie. (Jurade du 6 avril 1589.)
Afin de subvenir aux frais de la garnison établie dans notre ville « pour s'oposer
aulx entreprinses des enemys mesme à ceulx que occupent Larressingle, maison apartenante au sieur évesque de Condom, » le maréchal de Matignon or-
donna qu'il serait pris sur les fermiers de l'évêque une somme de mille écus
remboursable sur les deniers royaux de l'année suivante. (Ordonnance datée de
Condom, 29 octobre 1590; Grand-livre des Jurades.)
(4) Jur. du 25 juin 1590.
(5) Jur. du 5 juillet.

est vrai, de rendre Larressingle moyennant les 2,000 écus accordés par le maréchal, mais il demanda que le pays d'Armagnac lui fournît en même temps pareille somme de 2,000 écus, ce qui fut refusé par le maréchal (1). Bientôt il s'engageait moyennant 3,000 écus à ne pas inquiéter les habitants de Condom et de la juridiction et déclarait qu'il démantèlerait Larressingle lorsque Vic et Nogaro seraient démantelés (2).

A la suite de nouvelles démarches faites le 12 juillet, il refusa toute espèce de proposition relative au démantèlement de la forteresse; il promit seulement, sur les instances du sieur de Bezolles et moyennant 3,000 écus, de ne point inquiéter jusqu'au mois de mai suivant les habitants de Condom et de la juridiction. Mais l'évêque Duchemin, que les consuls avaient fait prier de vouloir contribuer aux frais vu l'intérêt qu'il avait lui-même à la conclusion de l'accord, fut d'avis qu'il ne fallait rien faire sans l'assentiment du maréchal (3).

Le sieur Blaise Benquet, receveur des tailles d'Armagnac, fut chargé quelque temps après par le sénéchal d'Agenais et par les consuls de Condom de faire de nouvelles propositions aux sieurs de Montespan et de Laur (4) au sujet de la reddition de Larressingle, mais ceux-ci ne voulurent pas en entendre parler; ils promirent simplement de faire ce qui dépendrait d'eux pour procurer « le soulagement du peuble, du laboureur et son bestailh (5). »

Le 5 mars 1591, le marquis de Villars, qui commandait pour les ligueurs en ce pays, signait les articles d'un traité « pour la liberté du laboureur, son bestail, et pour toutz ceulx qui ne portent point les armes que pour la deffence des villes et maisons d'où ilz sont domiciliés. » Les consuls de Con-

---

(1) Jur. du 5 juillet.
(2) Jur. du 11 juillet 1590.
(3) Jur. du 13 juillet 1590.
(4) Jacques de Lau ou du Laur, seigneur baron de Lau, en Armagnac, cousin-germain de Montespan.
(5) Jur. du 8 décembre 1590.

dom les approuvèrent le surlendemain, mais le maréchal refusa d'agréer cet accord, parce qu'il n'était pas général, ne concernant que les pays d'Armagnac et de Condomois (1). L'année suivante, la ville poursuit encore ses négociations (2). Elle finit par traiter, peut-être à l'insu du maréchal (3); après de nombreux pourparlers, et à partir du mois de juillet 1592, ·des impositions sont votées en vue de l'accord fait avec le sieur de Montespan « pour la liberté du laboureur, bestail, personnes paciffcques et reculte de noz fruictz (4). »

En 1594, Montespan tenait encore Larressingle (5), Valence, Mirande et autres places, entre lesquelles il avait réparti ses troupes, mais la jurade du 9 juillet de cette année nous fait savoir qu'il voulait « se rendre serviteur de Sa Majesté. » Le 8 août suivant, les trois compagnies de soldats de la ville (6) sortirent sous la conduite du gouverneur, M. de Roquepine, et se dirigèrent vers le Pont-Mousqué sur l'Osse et vers Lar-

(1) Jur. du 5 mars et du 9 avril 1591.

(2) Jur. des 13 février, 24 mars et 25 mai 1592.

(3) Jur. des 18 et 24 mars 1592 et suiv. L'accord fait avec Montespan était tout particulier; il n'excluait pas les faits de guerre contre la ville qui demeura exposée aux attaques de l'ennemi et par conséquent obligée d'avoir de nombreux soldats pour se défendre. Au mois de mars 1592 (Jur. du 18), le maréchal envoya le capitaine Fabas avec une troupe de gens de gens de guerre, notamment « les lansequanctz. » Un mois plus tard (Compte de 1592), Montespan et le marquis de Villars s'assemblaient à Larressingle avec leurs troupes. Ils devaient se trouver à Valence le 22 avril. (Jur. de ce jour). Des pourparlers étaient d'ailleurs engagés depuis longtemps avec les ligueurs en vue d'une trève générale qui fut conclue pour un an à Lavit-de-Lomagne au mois de février 1594. (Jur. du 11 février et du 1er mars 1594.) V. aussi Jur. des 20 et 22 avril, 6, 9 et 25 mai, 3, 6 juillet 1592, etc.

(4) Assemblée du 8 juillet 1592. Pour le quartier de juillet, ce fut 205 écus plus 10 écus de reste des deux derniers quartiers. En 1594, on imposait 220 écus à chaque cartier. V. Jur. du 7 janvier 1594.

(5) Le capitaine Trouilh était alors, s'il faut en croire Samazeuilh (Hist. de l'Agenais et du Condomois), dans Larressingle et faisait des courses jusqu'aux environs de Mézin où il enlevait « des bestiaux et autres biens. » Il fut plus tard un des consuls du lieu. (Acte du 15 avril 1606, Mazac, notaire, étude Lagorce.) Un membre de sa famille, Robert du Trouilh, notaire à Larressingle, affermait en 1632 les dimes de la paroisse appartenant à l'évêque. (Acte du 16 juin 1632, Bigos, notaire. Arch. municipales.)

(6) Dès 1583, on avait organisé à Condom des compagnies de soldats composées d'habitants de la ville et commandées par des capitaines sous les ordres des consuls. (Jur. du 16 décembre 1583.) Elles prirent le nom de compagnies bourgeoises.

ressingle, pour attaquer le sieur de Campagne (1), qui commandait à Valence et faisait des *courses* sur la juridiction de Condom, sous prétexte que des arrérages étaient dus de l'année précédente (2). Il est probable que cette démonstration n'eut pas de suites. Quoi qu'il en soit, Montespan n'évacua Larressingle qu'en 1596 (3), sur la demande de nos consuls, qui profitèrent de son passage à Condom pour lui adresser une requête à ce sujet. Cette même année d'ailleurs, Montespan faisait sa soumission au roi, et le 12 mai de l'année suivante il prêtait serment aux consuls de Condom en sa qualité de sénéchal d'Agenais. Le rôle militaire de Larressingle est fini, et à peine sera-t-il question de la petite place pendant les guerres de la Fronde.

Les Frondeurs ayant menacé de s'en emparer au mois d'août 1652, nos consuls décidèrent d'y envoyer, avec l'autorisation de l'évêque, qui devait contribuer aux frais de garde du lieu comme seigneur avec le roi, une garnison de six soldats, auxquels ils auraient fourni la poudre nécessaire (4).

Mais le sieur Pruet, homme d'armes de Larressingle, veillait à la défense de la forteresse; il fut néanmoins sommé par les consuls de déclarer s'il la gardait pour le service du roi (5). Pruet dut répondre affirmativement, car on lui envoyait bientôt 31 livres de poudre (6).

Au mois de septembre suivant, la jurade députa un con-

(1) Odet de Monlezun, seigneur de Campagne, chevalier des ordres du roi, capitaine de 50 hommes d'armes, fit sa soumission à Henri IV au mois d'octobre suivant. V. Lettres de Matignon. *Arch. de la Gironde*, t. xiv.

(2) Jur. des 11 août et 15 septembre 1594 et Compte consulaire de cette année. Ce compte, et tous ceux de cette époque contiennent, comme nos Jurades, de nombreux et intéressants détails sur les guerres de la ligue dans notre pays.

(3) Jur. du 2 mars et du 16 août 1596.

(4) Jur. du 23 août 1652

(5) Jur. du 26 août 1652. Un parent de cet homme d'armes, son père vraisemblablement, Daniel Pruet, exerça les fonctions de bailli à Larressingle au commencement du xviie siècle. (Acte du 16 juin 1632, Bigos, notaire, arch. com.; voir aussi Reg. de Daunassans, notaire, année 1628, étude Lagorce.)

(6) Compte consulaire.

sul vers M. de Marin (1), pour lui faire connaître les motifs qui empêchaient la ville de participer à la défense du lieu, qui s'était d'ailleurs séparé de la juridiction de Condom et ne contribuait plus aux frais municipaux (2).

III

De bonne heure Larressingle avait eu des magistrats municipaux. Un article du paréage nous apprend en effet que l'abbé associa le roi d'Angleterre au droit qu'il avait dans la création des consuls à Condom et à Larressingle. Ces derniers, au nombre de deux, prêtaient serment entre les mains des seigneurs du lieu. Mais quoique érigée en communauté, Larressingle, qui depuis le paréage fit partie comme nous savons du bailliage de Condom, était incorporée à notre ville pour la levée des tailles et l'imposition des deniers royaux (3). Nos consuls avaient même pris l'habitude d'en cotiser les habitants pour toutes les affaires particulières de la ville, comme procès, réparation des murailles, ponts, pavés, etc. Les consuls de Larressingle finirent par trouver que c'était un abus; aussi les voyons-nous, en 1560, essayer de se faire décharger de toutes impositions autres que des deniers royaux et, dans ce but, faire assigner ceux de Condom devant le sénéchal (4).

La jurade parut comprendre la justesse de leurs réclamations et, voulant éviter « procès et débat, » décida que les consuls examineraient si les habitants de Larressingle étaient trop chargés, les laissant libres de les décharger des sommes qu'ils aviseraient.

(1) Michel du Bouzet, seigneur de Marin, Sainte-Colombe, La Montjoie, etc. lieutenant général des armées du roi.
(2) Jur. du 3 septembre.
(3) Jur. du 7 décembre 1537.
(4) Jur. du 18 août 1560.

De nouvelles difficultés furent soulevées en 1564; les consuls de Larressingle avaient réparé cette année-là le pont-levis et y avaient employé tout ou partie des revenus de la communauté; aussi prétendaient-ils ne payer les tailles que déduction faite du montant des frais nécessités par les réparations du pont-levis; ils déchirèrent même « l'arrest » qui leur fut signifié à cette occasion par les consuls de Condom. Le lieutenant général de la Sénéchaussée ayant pour ce fait «baillé prinse de corps contre eux, » ils firent appel de son ordonnance devant le Parlement de Bordeaux. La jurade du 11 juin 1565 leur accorda de prélever les frais de réparations sur le montant de ce qu'ils devaient « en tenant compte par eulx et deduysant les emolumens (1) du lieu de La Ressingle. » Celle du 15 juillet suivant fut d'avis d' « accorder » le procès et, par un « arrest général, » décida que la ville contribuerait désormais aux charges des habitants de Larressingle, de même qu'ils contribuaient à celles de la ville; mais elle entendait que les consuls de Larressingle eussent à « remonstrer » leurs « affaires et charges » et à rendre compte des *émoluments* du lieu. Cette décision ne devait pas être irrévocable, car nous voyons la jurade du 5 avril 1581 (2) refuser toute espèce de contribution aux réparations de Larressingle, sous le prétexte que cette communauté malgré, le dire de ses consuls, ne contribuait pas aux réparations de la ville.

(1) Ces émoluments provenaient notamment du droit de *taverne*, qui leur appartenait depuis un temps immémorial et dans lequel les consuls de Condom déclarèrent en 1567 qu'ils seraient « entretenuz, maintenus et gardés... sauf d'en rendre compte quand ils en seront requis et quant il apartiendra. » (Jurade du vendredi après Pâques, 4 avril 1567.) Cette décision fut prise à la suite d'une requête des consuls de Larressingle qui soupçonnaient certains particuliers de vendre du vin au détail et d'empêcher ainsi leur fermier de la taverne d'en vendre.

(2) Voir aussi Jur. du 12 octobre 1582. — La Jurade du 17 janvier 1585 décide pourtant de voter « l'ordonnance du roy et de la ville... ensemble les chaperons des consuls du lieu de la Ressingle. » En 1589 au quartier d'avril et en 1590 au quartier de janvier, on vote « la quarte partye des chaperons des consulz du lieu de la Ressingle, » qui s'élève pour le premier quartier à deux écus quinze sols et pour le second à deux écus seize sols. (Reg. des Jur.)

Les consuls de Larressingle essayèrent pourtant de faire cesser cet état de choses en 1596 (1), et, protestant contre une « surtauxe » faite par les consuls de Condom, leur demandèrent de les appeler aux « assises » qui se faisaient pour la répartition des tailles, afin d'avoir rang et séance avec eux, comme aussi à la reddition des comptes pour pouvoir les « desbattre et blasmer; » à défaut, ils voulaient être séparés de Condom. Le Parlement de Bordeaux, saisi de leurs réclamations, prononça un arrêt en leur faveur le 6 septembre 1597, interdisant aux consuls de Condom de faire aucune cotisation pour « l'extraordinaire » sur les habitants de Larressingle jusqu'à ce qu'il eût autrement ordonné. Les choses en restèrent là. Les consuls de Condom manifestèrent bien leur désir de terminer le procès à l'amiable et prièrent l'évêque de s'interposer (2), mais la question ne fut pas tranchée.

En attendant, ils ne tenaient pas compte de l'arrêt du Parlement. Cette décision leur fut signifiée en 1606 (3) par les consuls de Larressingle, qui voulurent eux-mêmes faire la répartition et levée des tailles et demandèrent copie du montant de l'imposition des deniers royaux (4).

C'était demander leur distraction de Condom, et vouloir s'ériger en communauté indépendante, résultat qu'ils ne tardèrent pas à atteindre. A partir de 1610, nous ne constatons plus le paiement de leurs tailles aux consuls de Condom et, quatre ans après, à l'Assemblée des trois ordres de la Sénéchaussée de Condomois qui se tint le 12 août 1614

---

(1) Jur. du 16 août 1596; Compte consulaire de cette année.

(2) V. arrêt du 6 septembre 1597, Arch. comm. FF. 74; Jur. des 5 et 6 décembre 1597.

(3) V. Actes des 15, 19 et 30 avril 1606. Mayrac, notaire, étude Lagorce.

(4) D'après l'acte de signification de l'arrêt, la part des deniers royaux à la charge de Larressingle formait la 27e partie de ce qu'il était mandé d'imposer aux consuls de Condom. — En 1551, cette part était de 123 livres 15 sols 7 deniers. En 1595, les habitants de Larressingle payent 202 écus 47 sols 11 deniers; l'année suivante ils sont imposés pour 172 écus 34 sols. En 1604, leur part est de 90 livres 8 sols 10 deniers; en 1609, de 79 livres 6 sols. (Comptes consulaires.)

dans l'église-cathédrale, nous voyons le lieu de Larressingle désigné séparément dans le rôle des villes et communautés du tiers état de la sénéchaussée.

Les consuls de Condom protestèrent contre ce fait, prétendant que Larressingle n'était qu'une paroisse de la communauté et dépendait de leur juridiction et justice (1), ce fut inutile; en vain aussi, Larressingle essaya, en 1616 (2), de se réunir de nouveau à Condom et de terminer ainsi ses différends avec la ville. Ces protestations et tentatives n'eurent aucun résultat, et désormais les consuls de Larressingle figureront toujours séparément dans les assemblées des communautés de la sénéchaussée et pays de Condomois (3).

IV

Comme conséquence de la donation de l'église de Larressingle à l'abbaye de Condom, les droits de dîme en appartinrent au monastère.

Après l'érection de l'abbaye en évêché et lors du partage de la mense qui eut lieu à cette occasion entre l'évêque et son chapitre, ces droits furent dévolus au premier, qui conserva la seigneurie de Larressingle. Indépendamment de cette dîme, nos évêques possédèrent dans Larressingle environ 18 *journaux* de terre labourable, 32 *journaux* de vigne, deux prairies, dont l'une de 6 *dailles* et l'autre de 24, un petit jardin, un bois, un four et un colombier. Les habitants étaient en outre tenus de faire à l'évêque 50 journées de travail pour bêcher ses vignes et de lui fournir tous les ans 45 cartaux de blé (4).

(1) Acte de protestation des consuls. (Arch. com. AA., pièces non classées.)
(2) Jur. du 31 octobre 1616.
(3) Notamment en 1628, 1638, 1649 et 1651. (Arch. com. AA., pièces non classées.)
(4) Coll. Larcher, p. 378; arch. com. Dans un état des revenus de l'évêché en 1598, Larressingle figure parmi les dîmes « relachées » à l'évêque par le chapitre en 1596, pour un revenu de 400 écus petits. (Coll. Larcher, p. 165.)

La dîme de Larressingle, à laquelle était jointe celle de Vidauprat (1), fut affermée en 1630 (2) moyennant 1,100 livres; elle valut en 1632 1,200 livres, 20 sacs d'avoine et 40 *charges* de paille (3); il est vrai que dans le bail de cette année était compris le droit de *taverne*, de *souchet* et de *boucherie* (4). En 1658, elle ne fut affermée que 900 livres et 20 sacs d'avoine (5). En 1761, la dîme de la paroisse de Larressingle « ensemble les fruits et profits des fiefs, cens et redevances seigneurialles appartenant au dit seigneur évêque comme seigneur haut justicier de la d. paroisse de Larressingle sans aucune réserve » produisaient 2,000 livres et 6 sacs d'avoine. En 1789, ils valurent 2,950 livres, plus deux douzaines de serviettes évaluées à 26 livres la douzaine, huit livres de bougie évaluées à 3 livres la livre, dix livres de sucre et six sacs d'avoine, mesure de Condom (6).

Le bénéfice de la cure de Larressingle, dont la nomination appartenait à l'évêque, était d'une valeur de 500 livres en 1665, d'après un état des bénéfices du diocèse de Condom dressé cette année-là par M. Pellot, intendant de la province (7). Il est porté à 900 livres dans un Pouillé général des bénéfices du diocèse dressé au xviiie siècle. D'après ce Pouillé, les charges ou impositions étaient de 144 livres 7 deniers (8).

(1) Vidauprat, métairie située dans la commune de Mouchan, limitrophe de la commune actuelle de Larressingle, dont elle est séparée par un ruisseau.

(2) Manuscrit Lagutère; Arch. départementales.

(3) Bail du 16 juin 1632. Bigos, notaire; Arch. com.

(4) Ce droit fut probablement compris à tort dans le bail. Nous avons vu plus haut que les consuls de Larressingle jouissaient du droit de *taverne* en 1567 depuis un temps immémorial; il devait en être de même du droit de souchet et de boucherie. Ces droits ne sont plus mentionnés dans les contrats du bail. Une clause du bail, figurant d'ailleurs dans tous les contrats des baux des dîmes de l'évêque, obligeait les preneurs à payer en outre « les gouasis accoutumés au sieur archididiacre du Bruillois si poinct les dîmes en font, non aultrement. »

(5) Reg. de recette de l'évêché de Condom; Arch. com. GG., pièces non classées.

(6) Minutes de Lacapère, notaire, étude Lagorce.

(7) Manuscrit Lagutère; Arch. départementales.

(8) Arch. de M. de Moncade. Dans le compte des subsides levés pour le pape

Un accord qui intervint en 1730 entre le curé et l'évêque, au sujet des fruits de certaines *novales* (1) que percevaient les fermiers de l'évêque et que le curé prétendait lui appartenir, nous donne des indications sur la part qui revenait à chacun d'eux dans les fruits décimaux de la paroisse. Aux termes de la convention (2), l'évêque, tant pour lui que pour ses successeurs à perpétuité, abandonna au curé la quatrième partie de toute sorte de fruits décimaux dans la paroisse, même celle du lin et de la vendange des vieilles vignes dont les évêques percevaient toute la dîme, tandis que le curé « relâchait » à l'évêque les trois quarts de tous les fruits décimaux des *novales* par lui demandées, anciennes et futures, et des « cazaux dixmaux et glezias (3) » dont il percevait seul la dîme, à l'exception toutefois des biens de *la Cavete* dépendants de la cure et contenant « deux cartellades trois quartons un buisson cinq sixièmes y compris une maison, sol et jardin (4), » qu'il réservait expressément.

en 1326 et destinés à réprimer les rebelles et hérétiques d'Italie, la *chapelle* de Larressingle figure pour 60 sous. L'archiprêtré de Condom fournit à cette occasion 1000 florins d'or et 958 livres de petite monnaie arnaldine. (*Arch. hist. de la Gironde*, t. XIX, p. 187.)

(1) On entendait par *novales* les terres défrichées depuis quarante ans et qui de temps immémorial n'avaient point été cultivées ou n'avaient point porté de fruits sujets à la dîme. (Répert. de jurisprudence de Guyot, au mot Dîme.)

(2) Acte du 28 mars 1730 (Minutes de Laboupilhère, étude Lebbé.). Un échange eut lieu le 18 novembre 1623 entre Mgr De Cous, évêque de Condom, et le sr Dubarry, curé de Larressingle; le premier céda une maison où se trouvait le four *banier* du village, *éteint* en vertu d'une transaction passée avec les habitants et qui avait servi d'écurie au château; cette maison était adossée aux remparts; le curé donna en échange à l'évêque un champ, dit « au camp de la rectourie. » (Minutes de Lagutère, étude Lebbé.)

(3) Les *cazaux dixmaux* pouvaient être les jardins sur lesquels le curé seul percevait des droits de dîme. Quant aux *glezias*, nous pensons que c'étaient des biens d'*église*, des bénéfices *ecclésiastiques* dont la dîme appartenait particulièrement à l'église, au pasteur des âmes. Le mot *glesia*, en langage vulgaire, nous paraît être synonyme d'*ecclésiaste*, nom sous lequel étaient désignés certains revenus décimaux, notamment ceux appartenant à l'hospice de Condom dans l'ancien diocèse de Lectoure, à la Chapelle, Lavit, Puy-Gaillard, Saint-Jean du Bouzet. Ces revenus étaient du quart de la dîme des grains, lin et chanvre et la dîme *verte* en entier. (Archives hospitalières de Condom, III. B. I. 5, 166; E. 2, 4, 10, etc.)

(4) La maison dont il est ici question, dite de la *Cavete*, est celle adossée au plateau rocheux sur lequel est établi le cimetière de Larressingle, à l'ouest du village. Le desservant de la paroisse habite l'ancien presbytère adossé aux rem-

L'évêque eut désormais les trois quarts de toute espèce de dîmes de la paroisse, la quatrième partie devant appartenir au curé (1).

A la curé de Saint-Sigismond de Larressingle étaient rattachées deux annexes : Saint-Caprais ou *Caprasi* de Hillet, près Cassagne, et Saint-Jean de Couchet. La première fut desservie par le curé de Larressingle jusqu'à la Révolution.

Quatre fondations de *chapelles* avaient été faites à l'église de Saint-Sigismond :

1° La chapelle *de Mirane*, possédant un pré sur l'Osse et donnant au titulaire sept ou huit écus de rente (2).

2° Celle de *Saint-Nicolas et Sainte-Catherine*, possédant 22 *cartelades, 4 cartons*, 5 boisseaux de terre dans la juridiction de Larressingle (3); les biens en furent affermés moyennant 260 livres peu avant la Révolution (4).

3° La chapelle *de Corpore Christi*, donnant au chapelain dix écus de rente sur diverses terres au XVIIᵉ siècle (5); les biens en furent affermés à peu près à la même époque que ceux de la précédente chapelle moyennant 150 livres, une paire de chapons et une paire de poulets (6).

4° La chapelle *de Mercier*; les biens de cette chapelle furent affermés moyennant 180 livres le 22 mai 1790 (7).

V

Les évêques de Condom possédaient deux châteaux, Larressingle et Cassagne, à quelques pas de leur ville épiscopale.

parts, qui fut racheté en 1819. (Dél. municipales de Larressingle, années 1818 et 1819.)

(1) La valeur cédée par l'évêque était déclarée de 150 livres, et celle cédée par le curé de 100 livres seulement.

(2) Manuscrit Lagutère; Arch. départementales.

(3) Id.

(4) Arch. com. 1ᵉʳ registre pour la *levée* des biens nationaux ci-devant ecclésiastiques; pièces non classées.

(5) Manuscrit Lagutère; arch. départ.

(6) Arch. communales; registre précité.

(7) Id.

Nous ignorons dans lequel des deux ils firent plus particulièrement leur résidence avant le xvi° siècle. Il est simplement
permis de supposer qu'ils habitèrent Larressingle jusqu'au
xvi° siècle, vu que Jean Marre y prononce une sentence, le
15 mai 1508, entre le prieur de Teste et le vicaire perpétuel
de Goalard (1), et que son successeur y fit de notables constructions.

Hérard de Grossolles, en effet, fit bâtir la belle tour hexa-
gone qui renferme l'escalier au midi, fit surélever le château
et y adjoignit au nord un nouveau corps de logis; ses armes
encore apparentes à l'une des fenêtres de ce dernier bâtiment,
en indiquent clairement le constructeur; les deux derniers
étages du château, qui sont l'œuvre de Mgr de Grossolles,
remplacèrent probablement la partie construite par Othon de
Lomagne *a superiori solario et supra*.

A partir de la seconde moitié du xvi° siècle, jusqu'à la
Révolution, Cassagne devint le séjour préféré de nos prélats.
Larressingle fut délaissé et bientôt abandonné aux fermiers
de leurs dîmes « pour s'en servir par lesd. fermiers à leurs
usaiges (2). »

En 1734, la toiture en était encore entretenue, mais le
bâtiment était abandonné à l'exception d'une chambre ser-
vant de grenier, et les experts chargés de visiter les églises et
bâtiments du diocèse de Condom, après la mort de Mgr Milon,
déclaraient qu'il était inutile de conserver « ce reste d'un
vieux monument, d'autant plus inutile à conserver qu'on ne
peut en tirer aucun parti ny y faire aucune habitation agrea-
ble (3). »

(1) Coll. Larcher, page 267, Arch. com. Dans cette sentence, le mot Larresin-
gle est écrit *Retrocingula*. En 1327, l'évêque de Condom Raymond de Galard,
se trouvant à Larressingle, promet mille florins d'or aux envoyés du pape qui venaient lever des subsides en France. (*Arch. hist. de la Gironde*, t. xix, p. 209.)
(2) Acte du 16 juin 1632, Bigos, notaire. (Arch. com.)
(3) Le procès-verbal de visite, dressé du 6 février au 3 avril 1734 en présence
des héritiers de l'évêque et du directeur des économats de la Généralité de Bordeaux, fait partie des archives de M. Soubdès.

Mgr d'Anterroches, notre dernier évêque, le fit découvrir et en fit transporter les bois de charpente à Cassaigne.

Le château ainsi découvert fut vendu comme bien national devant le district de Condom, le 29 juillet 1791, et adjugé sur la mise à prix de cent livres aux sieurs Pierre Ricard et Joseph Claizac fils moyennant la somme de 575 livres (1). Il a été revendu devant le tribunal de Condom, le 30 août 1884 et adjugé moyennant le prix de mille francs.

La tour surmontant la porte d'entrée du village appartient à la commune ainsi que l'ancien fossé; les autres tours, tant ses deux voisines, qui ont conservé toute leur hauteur, que celles qui ont été rasées anciennement au niveau des remparts (2), sont comme ces derniers propriété privée et font partie des maisons qui leur sont adossées. Elles devront long-temps leur conservation à cette particularité.

Il n'en est malheureusement pas de même du château, bâtiment isolé dans l'enceinte, sur lequel la main de l'homme sera peut-être un jour tentée de lever le marteau démolis-seur (3). Puissent des mesures être prises afin de le préserver de la destruction et d'empêcher que rien ne disparaisse de ce grandiose et pittoresque spécimen de l'architecture civile et militaire du moyen âge !

(1) N. 337 des ventes du District de Condom; arch. départ. et arch. com.
(2) Elles sont au nombre de quatre; une seule s'élève vêtue de lierre un peu au-dessus de la muraille. Il existe encore à l'est une sorte d'éperon en forme de tour.
(3) Nous espérons publier bientôt, comme complément de l'étude historique de M. J. Gardère, une étude archéologique de ces curieuses ruines (*Note de la Direction.*)